WEIL SIE KLUG UND ~~FREI~~ SIND

Herstellung und Verlag:
Books on Demand GmbH, Norderstedt
ISBN: 978-3-8370-5334-0

ISBURGA

SENIOREN
LIEBEN
&
LEBEN

INTENSIVER

WEIL . . .

WEIL SIE FREI SIND . . .

ISBURGA

SENIOREN LIEBEN & LEBEN

INTENSIVER

WEIL . . .

SIE   KEINE   ZUKUNFT   HABEN ...

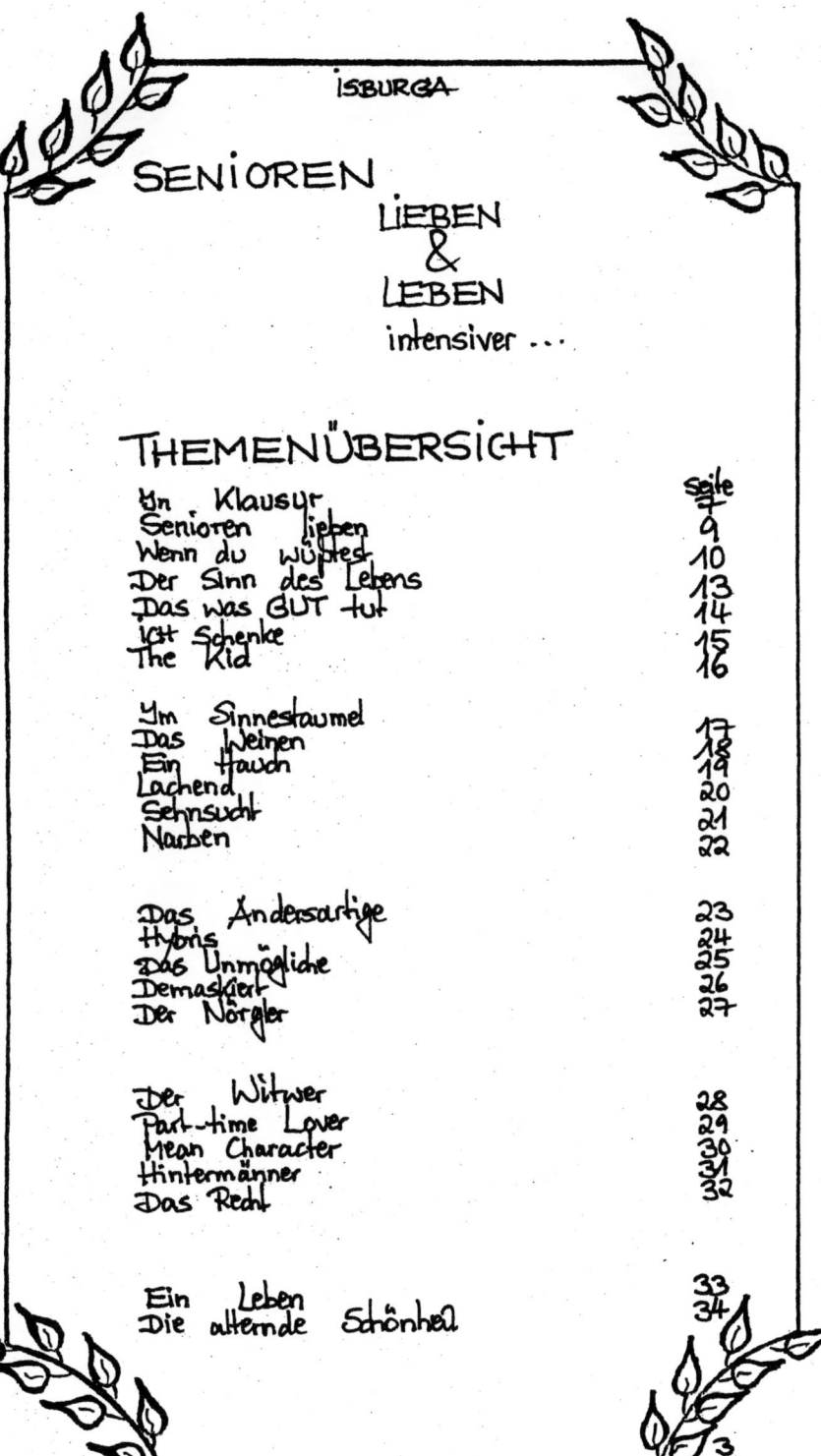

ISBURGA

SENIOREN
LIEBEN
&
LEBEN
intensiver ...

THEMENÜBERSICHT

		Seite
Yn	Klausur	7
Senioren	lieben	9
Wenn du	wüßtest	10
Der Sinn des	Lebens	13
Das was	GUT tut	14
Ich	Schenke	15
The	Kid	16
Ym	Sinnestaumel	17
Das	Weinen	18
Ein	Hauch	19
Lachend		20
Sehnsucht		21
Narben		22
Das	Andersartige	23
Hybris		24
Das	Unmögliche	25
Demaskiert		26
Der	Nörgler	27
Der	Witwer	28
Part-time	Lover	29
Mean	Character	30
Hintermänner		31
Das	Recht	32
Ein	Leben	33
Die	alternde Schönheit	34

SENIOREN ...

THEMENÜBERSICHT

	Seite
Wollust	35
Zwischenbilanz	36
Der Tag ist vorüber	37
Armer, reicher Mann	38
A man's everything	39
Gedanken	40
Der Zufall	41
Der Unfall	42
Die Erkenntnis	43
Die Trennung	44
Das Glück	45
Der Groschenautomat	46
Woher kommst du?	47
Trotzdem	48
Der Pedant	49
Der Infarkt	50
Der Fress-Sack	51
Der Blitz	52
Es war nur eine Sommerliebe	53
Strohfeuer	54
Missverständnisse	55
Verloren	56
Der Tod meiner Mutter	57
Der Tod	58
Die Falle	59
Ballast	60
Ezo kevo	61
Tant pis	62
Vorüber	63
Abgereist	64
DANKE	65
Ich warte	66
DIE AUTORIN	69

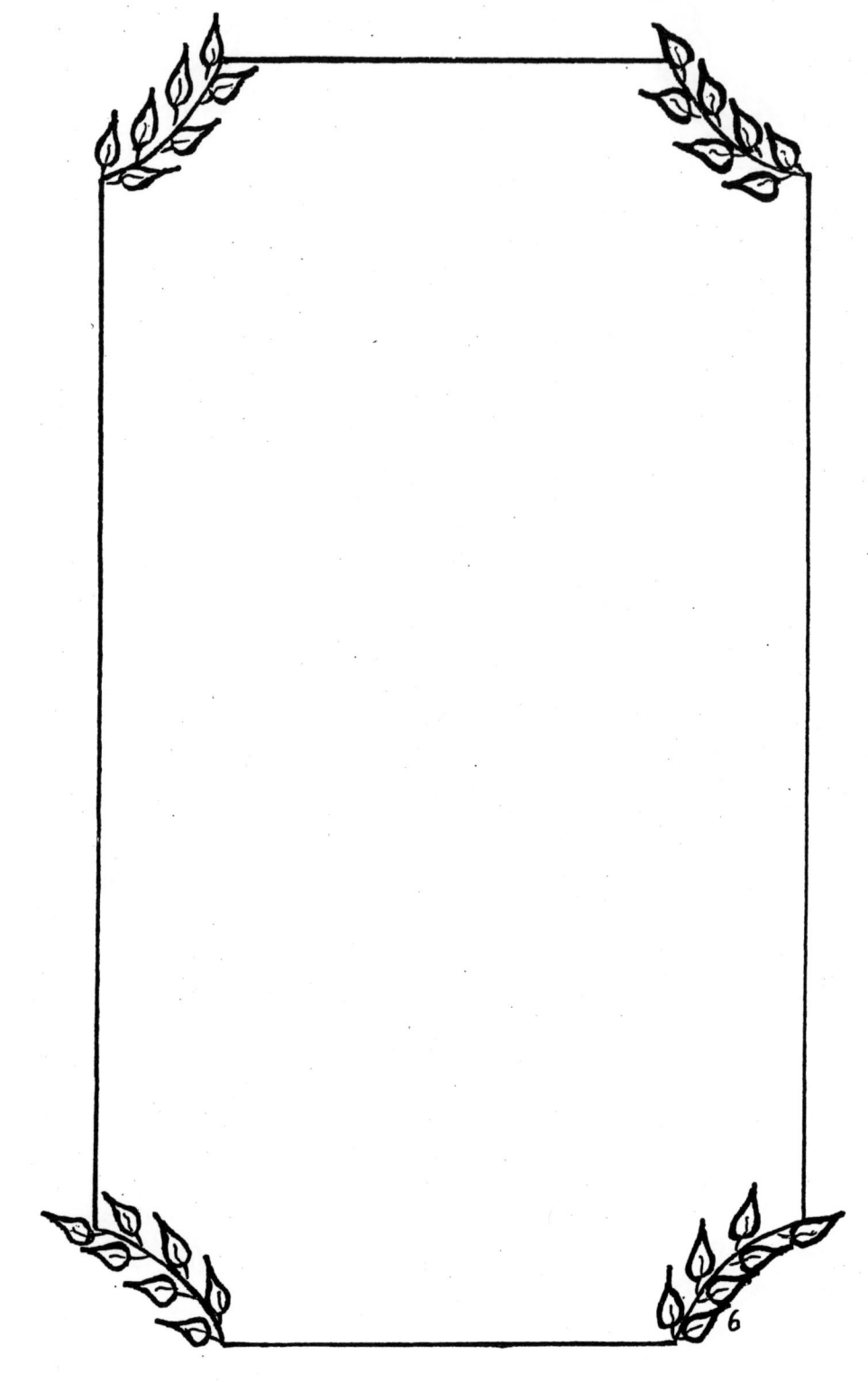

in KLAUSUR

Weggeschlossen werden — NEIN !
Weggeschlossen sein — NEIN !
Weggeschlossen sein WOLLEN,
das ist mein Weg,
die freie Entscheidung.

KLAUSUR ohne menschliche Stimmen.
Klausur ohne menschliches Drängen.
Klausur ohne menschliche Beklemmung.
Klausur - ohne Titel und Würden.
Klausur - ohne Versklavung.

GEDANKEN kommen und gehen.
Gedanken bleiben stehen.
Gedanken über den Sinn des Lebens.
Gedanken über den Schmerz im Leben.
Gedanken an Freude unterliegen.

ZURÜCK im Alltagsleben
wird es Risse geben:
Risse in meinem Herzen,
Risse in meiner Seele,
Risse der Sehnsucht nach KLAUSUR.

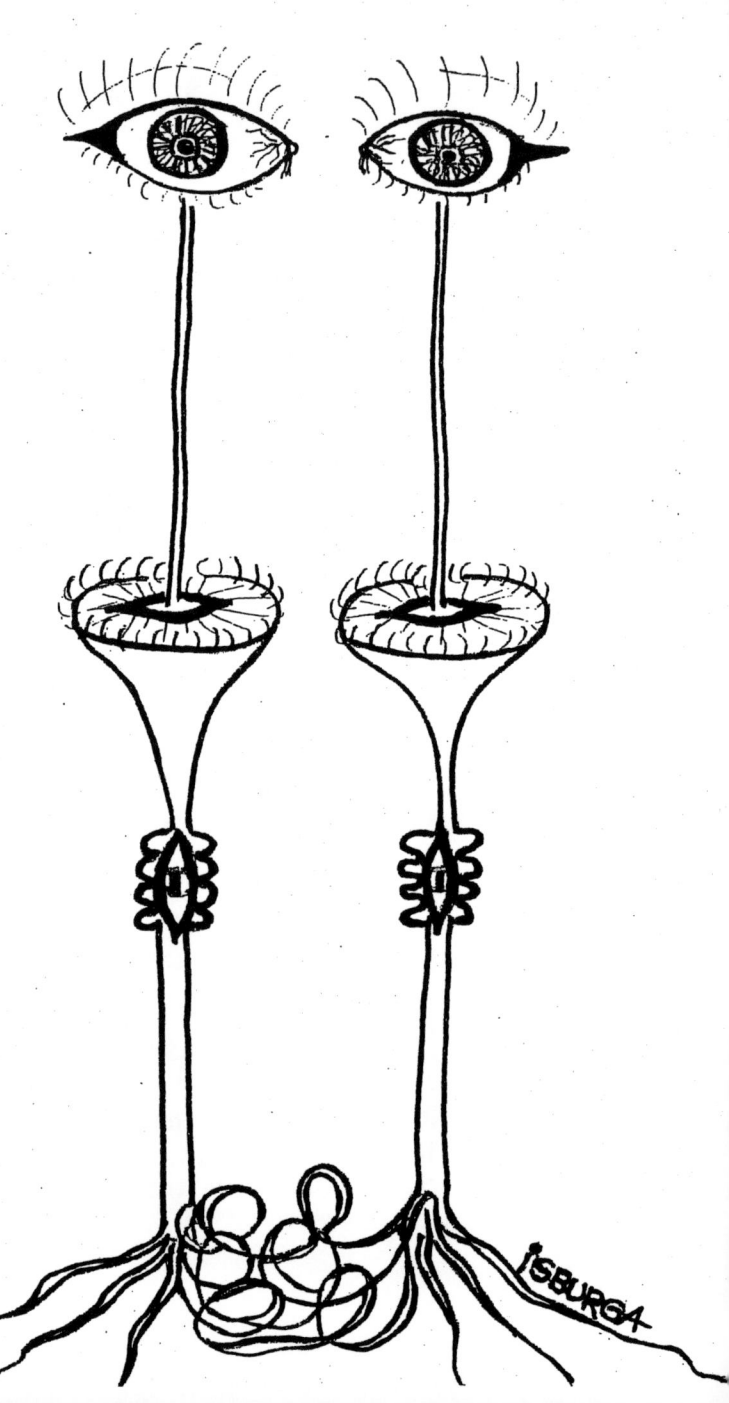

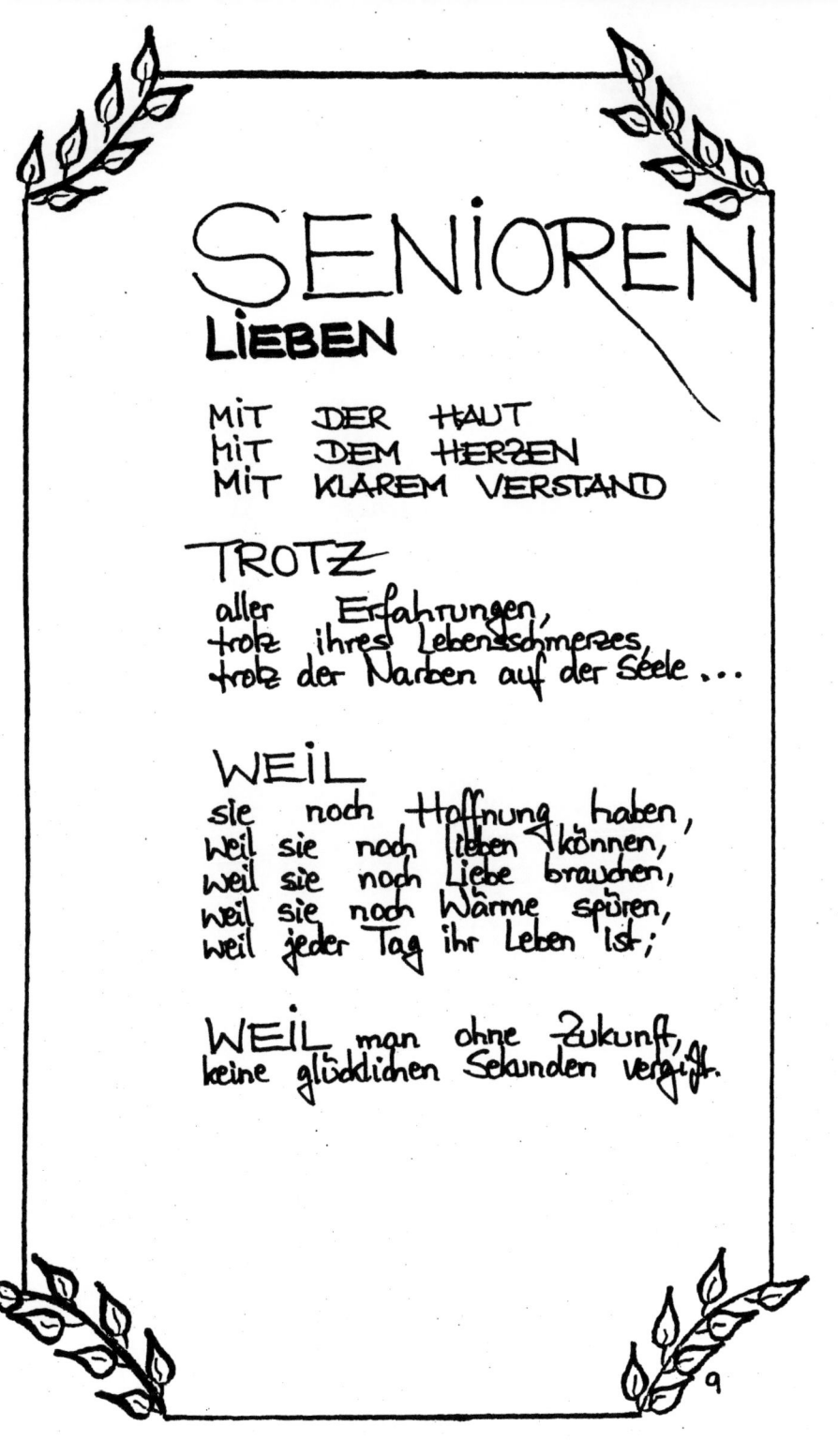

SENIOREN
LIEBEN

MIT DER HAUT
MIT DEM HERZEN
MIT KLAREM VERSTAND

TROTZ
aller Erfahrungen,
trotz ihres Lebensschmerzes,
trotz der Narben auf der Seele ...

WEIL
sie noch Hoffnung haben,
weil sie noch lieben können,
weil sie noch Liebe brauchen,
weil sie noch Wärme spüren,
weil jeder Tag ihr Leben ist;

WEIL man ohne Zukunft,
keine glücklichen Sekunden vergißt.

9

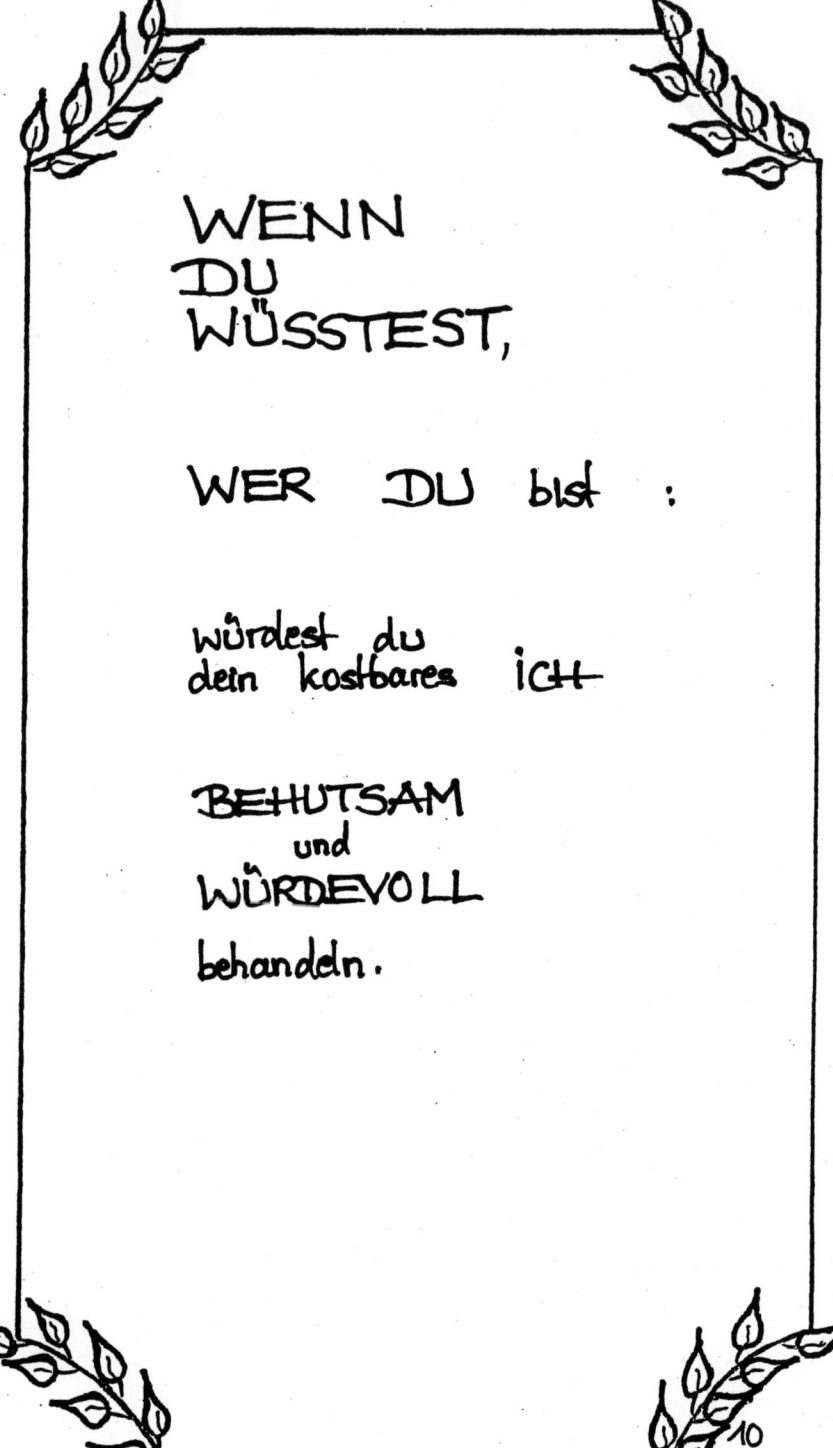

WENN
DU
WÜSSTEST,

WER DU bist :

würdest du
dein kostbares ich

BEHUTSAM
und
WÜRDEVOLL

behandeln.

10

WENN

SENIOREN
sich
den LUXUS

EINER
neuen LIEBE
gönnen . . .

dann bedeutet jeder Tag
ZUKUNFT

11

12

DER SINN DES LEBENS

FÜR   EINANDER DA ZU SEIN.

FÜR   EINANDER DA ZU SEIN.

FÜR   EINANDER DA ZU SEIN.

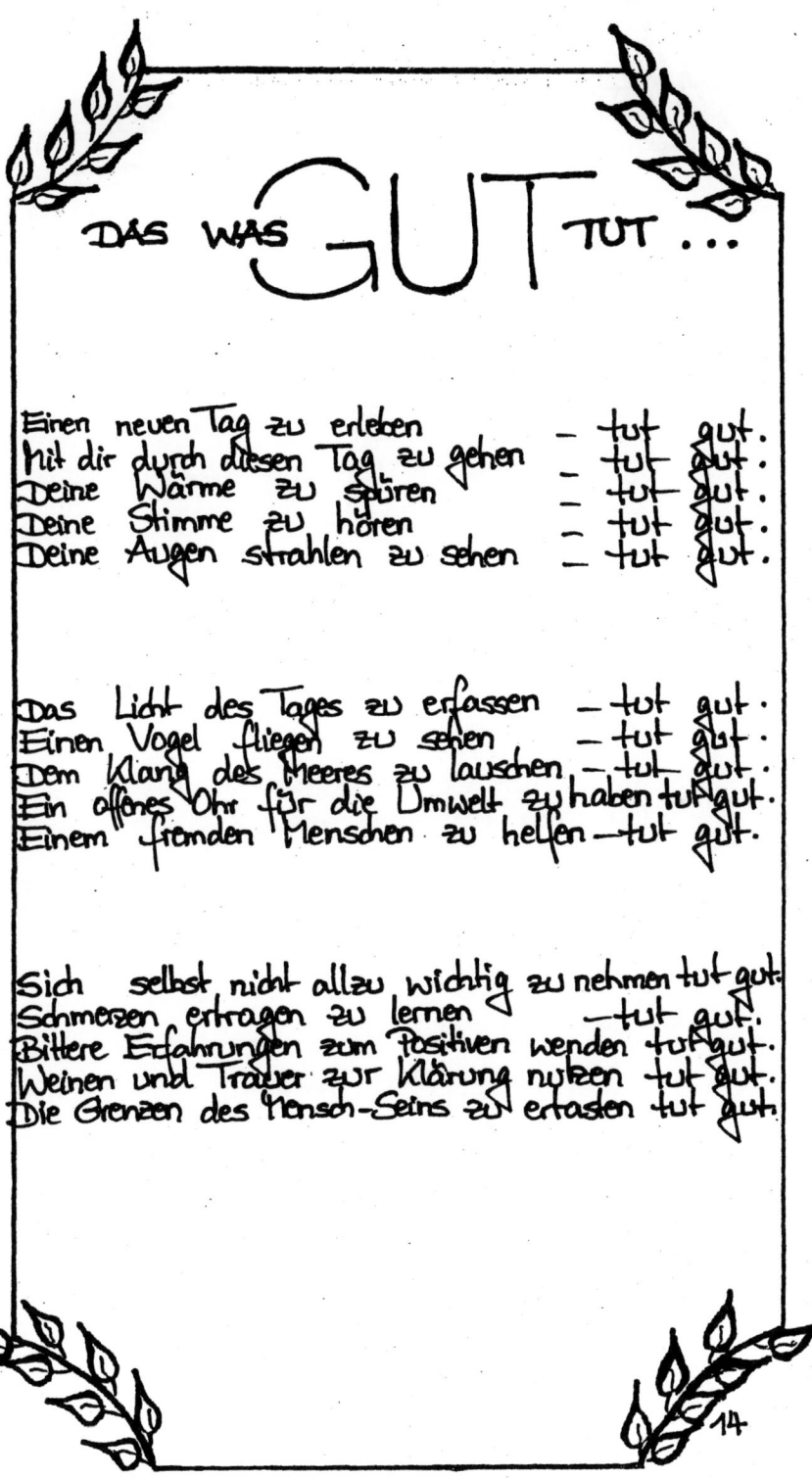

DAS WAS GUT TUT ...

Einen neuen Tag zu erleben — tut gut.
Mit dir durch diesen Tag zu gehen — tut gut.
Deine Wärme zu spüren — tut gut.
Deine Stimme zu hören — tut gut.
Deine Augen strahlen zu sehen — tut gut.

Das Licht des Tages zu erfassen — tut gut.
Einen Vogel fliegen zu sehen — tut gut.
Dem Klang des Meeres zu lauschen — tut gut.
Ein offenes Ohr für die Umwelt zu haben — tut gut.
Einem fremden Menschen zu helfen — tut gut.

Sich selbst nicht allzu wichtig zu nehmen — tut gut.
Schmerzen ertragen zu lernen — tut gut.
Bittere Erfahrungen zum Positiven wenden — tut gut.
Weinen und Trauer zur Klärung nutzen — tut gut.
Die Grenzen des Mensch-Seins zu ertasten — tut gut.

14

ICH SCHENKE

Ich schenke dir
meine Zärtlichkeit.
Gib mir etwas Zeit für uns.

Ich schenke dir
all mein Denken.
Gib mir genug Zeit dazu.

Ich schenke dir
mein ganzes Vertrauen.
Gib mit Hoffnung dazu.

Ich schenke dir
Zuwendung.
Laß es einfach geschehen.

Ich schenke dir
meine Liebe zum Leben.
Laß diese Sehnsucht nie vergehen.

Ich schenke dir
mein Herz.
Trittst du drauf, tötet mich der Schmerz.

THE KID

THAT WAS ME
THE CHILD I USED TO BE :
kissed and hugged by everybody ;
kissed and hugged by everybody.

There came hours, y was happy.
There were months, y was unhappy.
No tenderness, no smile
hard to live without — for a while.

Stroken by your eyes like lightning,
life crept back into my veins ;
y was kissed and hugged y used to be ;
warmth and love, a new thing for me.

Stroken, every day by love - lightnings,
y forgot the child y used to be,
started emotions painful to me,
illusions of harmony within fighting.

Abandoned. lost one morning,
me, the child, full of sorrows,
seeked a chest for mourning,
dried tears, broken hope, sorrows.

THAT IS ME !
A lonely heart, y am used to be.
A lonely soul, wanting to be free.
FREE y was not used to be.

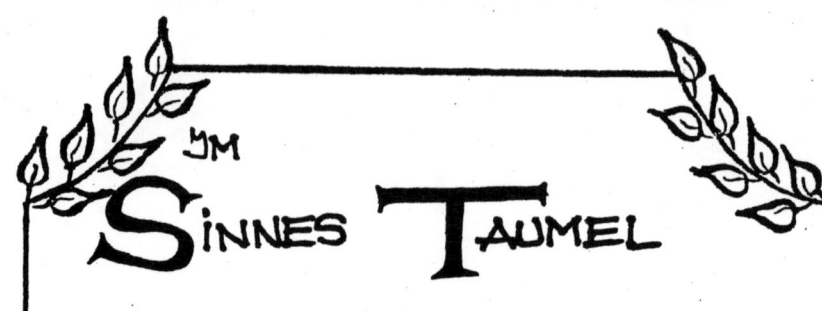

IM SINNES TAUMEL

ICH HABE DICH GESPÜRT heute Nacht,
DICH BERÜHRT, nach dir gegriffen,
DICH GEROCHEN, deinem Atem gelauscht,
MIT OFFENEN AUGEN deinen Schlaf bewacht.

DU hast mich nicht gespürt, heute Nacht,
mich nicht berührt, nicht nach mir gegriffen,
mich nicht erschnuppert, nicht meinem Atem gelauscht,
DU hast mit geschlossenen Augen an NICHTS gedacht.

ICH wünschte zu versinken im Duft der Nacht.
ICH wünschte zu träumen in deiner Umarmung.
ICH wünschte zu taumeln im Sog deiner Kraft.
Ich wünschte du spürtest die Süße meiner Umarmung,

den SCHMERZ meiner Tränenlast,
die LIEBE dieser schlaflosen Nacht.

DAS WEINEN

Weine Ich?
Oder weint es in mir?
Lasse ich es weinen?
Weint es um mich?
Oder weine ich um mich?

JA! ich weine.
Ja, ich weine um mich.
Ja, ich weine um dich.
Ja, ich weine um uns.
Ja, ich weine ...

ICH WEINE,
um zu weinen.

EIN HAUCH

EIN HAUCH,
ein Atmen,
ein Stöhnen:

bist du das Leben,
das lebendige Leben?

EIN STREICHELN,
ein Säuseln,
ein Knistern,
die Wärme:

bist du das Leben,
das lebendige Leben?

So sei gegrüßt,
mein Freund.
Und laß uns leben,
leben,
leben' das lebendige Leben.

LACHEND

Lachend
steigt der Drachen
in die Lüfte —
und reißt sich vom Seil.

Lachend
zeigt sich ein bekanntes Gesicht —
und erstickt im Stolz.

Lachend
schaut das Baby
aus der Wiege —
die Krankheiten
des Lebens
warten vor der Tür.

LACHEND
zeigen wir der Welt
unser Gesicht,
während
weinend
unser Herz zerbricht.

SEHNSUCHT

Ich sehne mich nach dir.
Ich sehne mich nach deiner Stimme.
Ich sehne mich nach deinem Duft.
Ich sehne mich nach deiner Umarmung.

Ich sehne mich nach Beständigkeit.
Ich sehne mich nach Vertrauen.
Ich sehne mich nach Wärme.
Ich sehne mich nach Liebe.

Ich sehne mich den ganzen Tag.
Ich sehne mich die ganze Nacht.
Ich sehne mich nach Zweisamkeit.
Ich sehne mich nach Geborgenheit.

Ich sehne mich nach Gefühlen.
Ich sehne mich nach Gesprächen.
Ich sehne mich nach dir, dem Unbekannten.
Ich sehne mich nach dir, dem Namenlosen.

21

NARBEN

NARBEN sind Erinnerungen.

NARBEN bleiben.
NARBEN schmerzen.
NARBEN verheilen nie.
NARBEN wuchern.

NARBEN sind Wunden,
Verletzungen der Seele.
NARBEN sind Erinnerungen,
bleibende Schmerzen.

DAS ANDERSARTIGE

Unsere Augen haben eine Romanze angefangen.
Unsere Herzen folgten — ineinander aufgegangen.

Wir lebten glücklich bei Tag und Nacht...
Eines Tages sind wir aufgewacht.

Wir fingen an zu diskutieren,
unser Eins-Sein dabei zu verlieren.

Als Christin wollte ich Christin bleiben,
als Moslem mußte er Moslem bleiben.

Streit hing täglich im Raum.
Unsere Zukunft blieb ein Traum.

Keiner wollte konvertieren...
Keiner den Anderen verlieren.

Eine Romanze hatte angefangen.
Jetzt sind wir auseinandergegangen.

23

HYBRIS

ICH versuchte zu laufen — und stürzte.
ICH versuchte zu fliehen — und stürzte.
ICH versuchte zu siegen — und stürzte.
ICH versuchte zu lieben — und stürzte.

ICH versuchte zu singen — und blieb stumm.
ICH wartete auf Antwort — alle blieben stumm.
ICH sandte Signale — die Welt blieb stumm.
ICH fühlte mich einsam — alles war stumm.

ICH traf mit Worten — das Echo schlug zurück.
ICH traf mit Schlägen — das Echo schlug zurück.
ICH traf mit Wut — das Echo schlug zurück.
ICH traf mit Gewalt — das Echo schlug zurück.

ICH war schöner als andere — das Alter nahm mir alles.
ICH war klüger als andere — das Alter nahm mir alles.
ICH war reicher als andere — das Alter nahm mir alles.
ICH war gesünder als andere — das Alter nahm mir alles.

ICH trickste viele aus im Leben . . .
          der Tod wird mir die Quittung geben.
MICH wird es nur einmal geben . . .
          der Tod wird mir die Quittung geben.
ICH habe viel erreicht im Leben . . .
          der Tod wird mir die Quittung geben.
ICH bin ICH, egal was ist . . .
          DER TOD
          wird mir die Quittung geben.

DAS
UNMÖGLICHE

In einer dunklen langen Nacht,
vergeblich nach den Sternen greifend,
senkten sie sich herab zu mir,
hielten mich wach, sprachen mit mir.

Der Tunnel war endlos wie meine Sorgen:
kein Ausweg, kein Lichtblick, Angst bis zum Morgen.
Dann explodierte das Licht in den Schacht,
raubte mir die Sinne. Die Hölle zerbrach.

Du gingst für immer, um im Reich der Toten zu leben.
Ich starb mit dir, wollte mit keinem mehr reden.
Heute habe ich dein Kind geboren - vaterlos.
Ich werde dich in ihm lieben - ENDLOS.

DEMASKIERT

Jeden Tag lerne ich dich besser kennen,
kann deine Schwächen mit Namen nennen.

Du liebst den Hintern aller Frauen...
mein Verstand schafft, dich zu durchschauen.

Ein Mann, der Kreuze macht auf seinem Kalender,
für Sex mit Frauen! Schuft elender.

Hab selbst eine MACHO-Ehe überlebt.
Hab mich entschieden, wer als erster geht.

Einen Sommer mit dir!
Diese Zeit gebe ich dir!

Danach wird dein Winter frostig kalt.
Schau in den Spiegel! Du bist schon alt.

Zu alt, um diese Spielchen erneut zu schaffen.
Erschöpft, müde, unfähig Energie zusammenzuraffen.

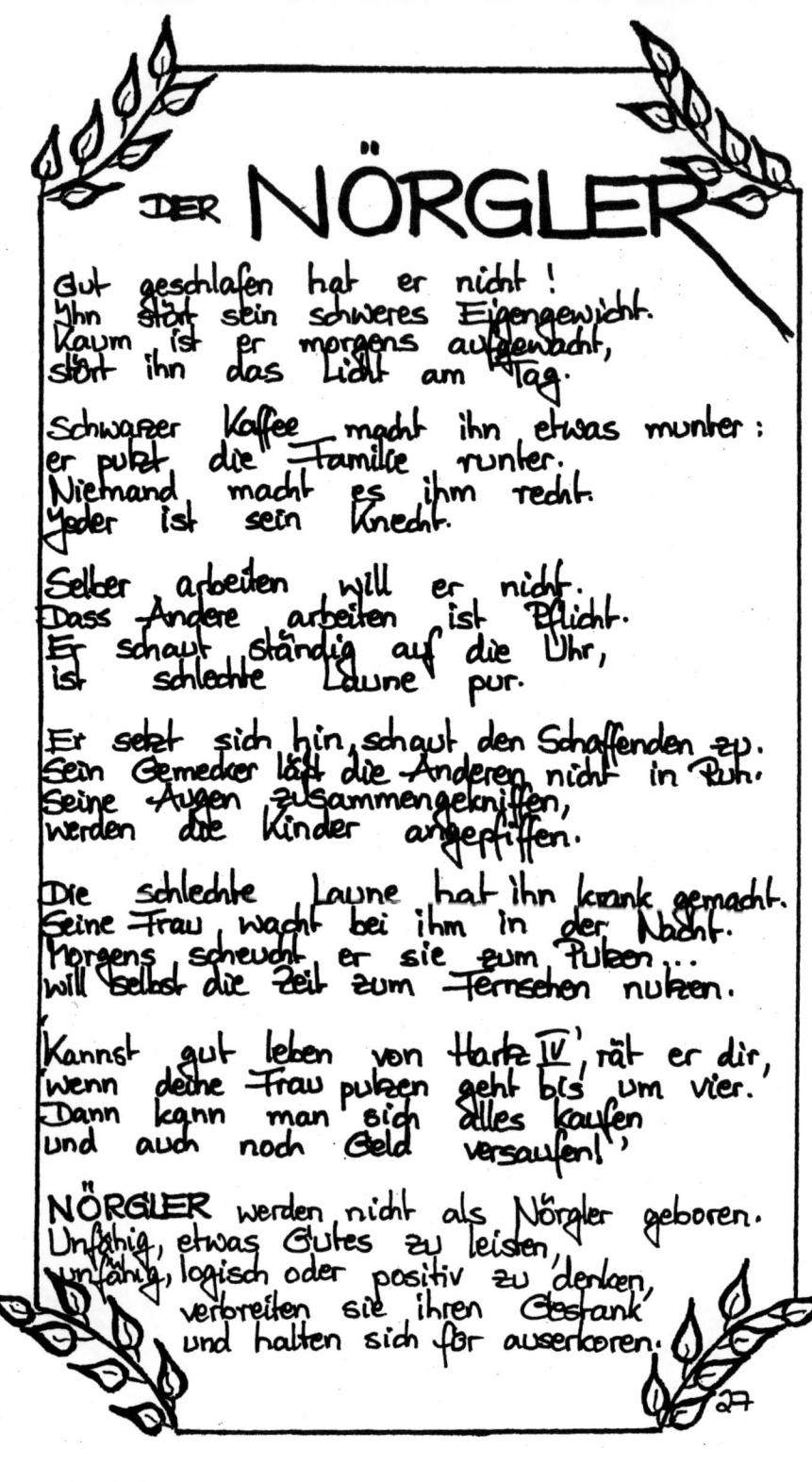

DER NÖRGLER

Gut geschlafen hat er nicht!
Ihn stört sein schweres Eigengewicht.
Kaum ist er morgens aufgewacht,
stört ihn das Licht am Tag.

Schwarzer Kaffee macht ihn etwas munter:
er putzt die Familie runter.
Niemand macht es ihm recht.
Jeder ist sein Knecht.

Selber arbeiten will er nicht.
Dass Andere arbeiten ist Pflicht.
Er schaut ständig auf die Uhr,
ist schlechte Laune pur.

Er setzt sich hin, schaut den Schaffenden zu.
Sein Gemecker läßt die Anderen nicht in Ruh.
Seine Augen zusammengekniffen,
werden die Kinder angepfiffen.

Die schlechte Laune hat ihn krank gemacht.
Seine Frau wacht bei ihm in der Nacht.
Morgens scheucht er sie zum Putzen...
will selbst die Zeit zum Fernsehen nutzen.

Kannst gut leben von Hartz IV', rät er dir,
wenn deine Frau putzen geht bis um vier.
Dann kann man sich alles kaufen
und auch noch Geld versaufen!'

NÖRGLER werden nicht als Nörgler geboren.
Unfähig, etwas Gutes zu leisten,
unfähig, logisch oder positiv zu denken,
verbreiten sie ihren Gestank
und halten sich für auserkoren.

27

DER WITWER

Meine Frau ist tot: ist zuerst gegangen.
Verstieß mich ins Chaos, in ihrem Haushalt gefangen.
Ich muß mich erholen, gar nichts machen.
Den Schutz des Trauernden werd ich mir zunutze
machen.

Freunden fehlt die alte Gemütlichkeit:
egal, der Wein schmeckt mir zur Fernsehzeit.
Ohne Diskussionen kann ich nun allein geniessen.
Es war 'ne Ehequal! Muß NEUES beschliessen.

Mich zu verwöhnen — brauch ich eine Frau.
Mich zu bedienen — brauch ich eine Frau.
Das Haus zu reinigen — braucht es eine Frau.
Eine Geliebte wird nicht zu teuer.
Setz ich als Haushälterin ab von der Steuer.

Eine Geliebte kann ich abschieben.
So machen's Männer, die ihre Freiheit lieben.
Männer haben Geld, das Macht gibt.
Geld ködert die Frau, bis sie nachgibt.

Heiraten? Den Fehler macht man nur einmal.
Eine neue Liebe? Eventuell im Leben zweimal.
Durch Kriege sterben Männer weg wie Fliegen.
Genug Frauenüberschuß, um 'ne Frau herauszusieben.

28

« PART – TIME LOVER »

DU sprichst :
ich kann nicht kommen,
ich habe keine Zeit, DEAR

Ich kann nicht bleiben,
es bleibt keine Zeit, DEAR.

Ich muß leider gehen,
ich habe keine Zeit MEHR.

       ICH antworte :
       .... MEHR............?

Du hast ein Meer von Zeit, DEAR.
Wo verbringst du
dieses Meer von Zeit, DEAR?
Was bedeutet dir
unsere Liebe, DEAR ?

Dich verschlingt
dein MEER von Zeit, Dear.
Du riskierst eine Liebe...
OHNE ZEIT MEHR...

und verlierst MICH,
einen Menschen,
DEAR !

A MEAN CHARACTER

Er frönt
dem Alltäglichen,
erschmeichelt
einem Jeglichen,
er neidet alles
dem Redlichen.

Er windet
und schlängelt sich.
Vorwärts
kommt er trotzdem nicht.

Trug und Lüg
bekleiden ihn.
Die es können...
meiden ihn.

Keiner
liebt
und
niemand
neidet
ihm das Gewöhnliche,
das verderblich Lüsterne,
das egoistisch
gemeine Geflüstere.

Denn alle wissen:
'he's got
a mean character'.

HINTERMÄNNER

Hinter einem Wort — steht seine Bedeutung.
Hinter einem Satz — steht der Befehl.

Hinter einem Kommando — steht ein Mann.
Hinter einem Mann — steht ein Hintermann.
Hinter einem Hintermann — steht ein Hintermann.

Hinter jedem Mann — steht eine Frau.
Hinter jedem Hintermann — steht eine Frau.
Hintermänner aller Männer — sind Frauen.

Hintermänner — Frauen beherrschen alle Männer.
Hinter Frauen verstecken sich die Männer.
Hinter Frauen verlassen viele Männer.

Hinter
Frauen
gibt es
KEINE
Hintermänner.

DAS RECHT

Der Mensch hat berufliche Gipfel erklommen.
Neider haben ihm alles wieder weggenommen.

Du hast dir ein Haus gebaut im Leben.
Bankenzinsen nahmen dir alles; hilflos stehst du daneben.

Ein Leben lang hast du Sport getrieben.
Alt geworden bist du auf der Strecke geblieben.

Freunde und deine Familie hast du umsorgt.
Die Wärme dieser Menschen war nur auf Zeit geborgt.

Krank und allein - forderst du ein dein Recht.
Dieses Recht auf Geborgenheit besteht zurecht.

Niemand hat Zeit für dich, jeder hat seine Pflichten.
Auf dein Recht mußt du bis zu deinem Tode verzichten.

EIN LEBEN

Ein Leben zu haben.
Ein Leben zu leben.

EIN Leben:
sei es
                    Freude
                    Arbeit
                    Schmerz
                    Kummer
                    Leid
                    Weinen
                    Lachen
                    Leiden
                    Bosheit
                    Dankbarkeit
                    Ekel
                    Entsetzen

                    Gegenwart
                    Vergangenheit.

GENIESSEN
        VERGESSEN
                HASSEN
                    LIEBEN ?

Wozu...
Klug geworden...
um damit zu sterben...

DIE ALTERNDE SCHÖNHEIT

Die Schönheit umschließt
Glück
~~Freude~~
Segen
~~Dankbarkeit~~
und den Neid der Häßlichen.
Der Mensch mißgönnt,
was er nicht erreichen kann.

Die wahre Schönheit,
die innere Schönheit
und die äussere Schönheit,
ist nicht vergänglich.

Ihr Ruhm
bleibt in unserem Gedächtnis,
so wie
von einer Rose
ihr Aussehen
und ihr süßer Duft.

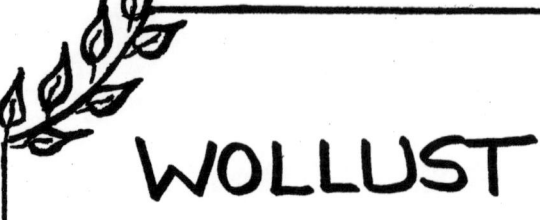

WOLLUST

Die Begierde mit dir allein zu sein.
Die Begierde mit dir eins zu sein.

Die Lust, es zu wollen.
Das Wollen, es zu wollen.

Wollüstig deinen Körper zu geniessen.
Wollüstig meinen Körper hinzugeben.

Das reine körperliche Verlangen....
Sex und Wollust, um Glück einzufangen.

ZWISCHEN BILANZ

ICH HABE ~~GELEBT.~~
ICH ~~HABE~~ ~~GELIEBT.~~
ICH ~~HABE~~ ~~GEHASST.~~

ICH WURDE BELOGEN.
ICH WURDE MISSBRAUCHT.
ICH WURDE AUSGESAUGT.
ICH WURDE BETROGEN.

ICH
WURDE
WIEDERGEBOREN.

ICH WERDE LEBEN.
ICH WERDE LIEBEN.

ICH WERDE DAS LEBEN LIEBEN.

36

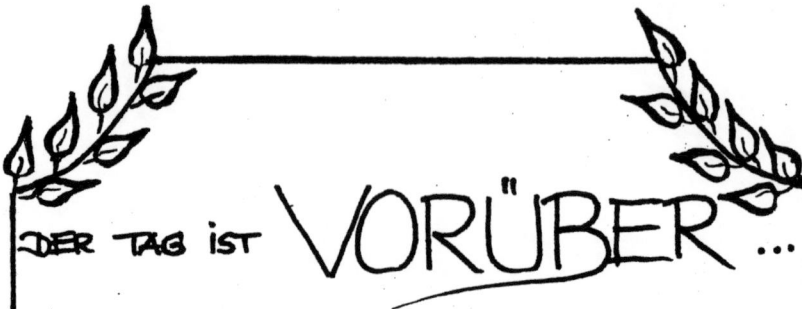

DER TAG IST VORÜBER ...

ICH HABE DICH NICHT GESEHEN:
DU FEHLST MIR.
DU HAST MICH NICHT GESEHEN:
WIE GEHT'S DIR ?

So wie der Tag verging,
an dem mein Leben hing,
so wie die Sehnsucht stirbt,
wenn Hoffnung irrt —

gehe ich in die Nacht.
Gedanken halten mich wach.
Verlorene Stunden kehren nie wieder.
Der heutige Tag kehrt nie wieder.

MORGEN ist deine Chance vorüber.
MORGEN habe ich mein ICH wieder.
Jeden Tag als den letzten leben !
Einfach nur leben! Das Leben leben !

37

Armer reicher MANN

Deine Frau hat dich verwöhnt dein Leben lang.
Sie war genügsam, fleißig ihr Leben lang.
Jetzt ist sie TOT!
Und du siehst ROT!

Du hast nie gelernt den Alltag zu leben,
Beruf und Sex mit Frauen frassen dich auf.
Deiner Frau hast du Einsamkeit gegeben.
Ohne Gewissen bist du täglich schlecht drauf.

Deine Launen und Gemecker verjagen Freunde,
die dich, den Witwer, trösten wollten!
In deinem reichen Haus fehlen Menschen und Freude
einsam, besoffen hört man dich grollen.

Du bist zu dumm, um mit Wenigem zufrieden zu sein.
Du bist zu stur, um mein Freund zu sein.
Anspruchsvoll wirst du, immer allein sein.
Ohne Liebe zu geben, verlerntest du, herzlich zu sein.

A MAN'S
EVERYTHING

TAKE IT
DEVOUR IT
~~FORGET IT~~

it's not worth it :

it fails
it hangs
it drops
IT STOPS.

IF a man thinks to love a woman,
IF a man lies to love a woman:

he only loves « HIM »,
he loves himself.
He cares for himself.

He doesn't love HER !
WOMEN ! STOP TO ERR !

39

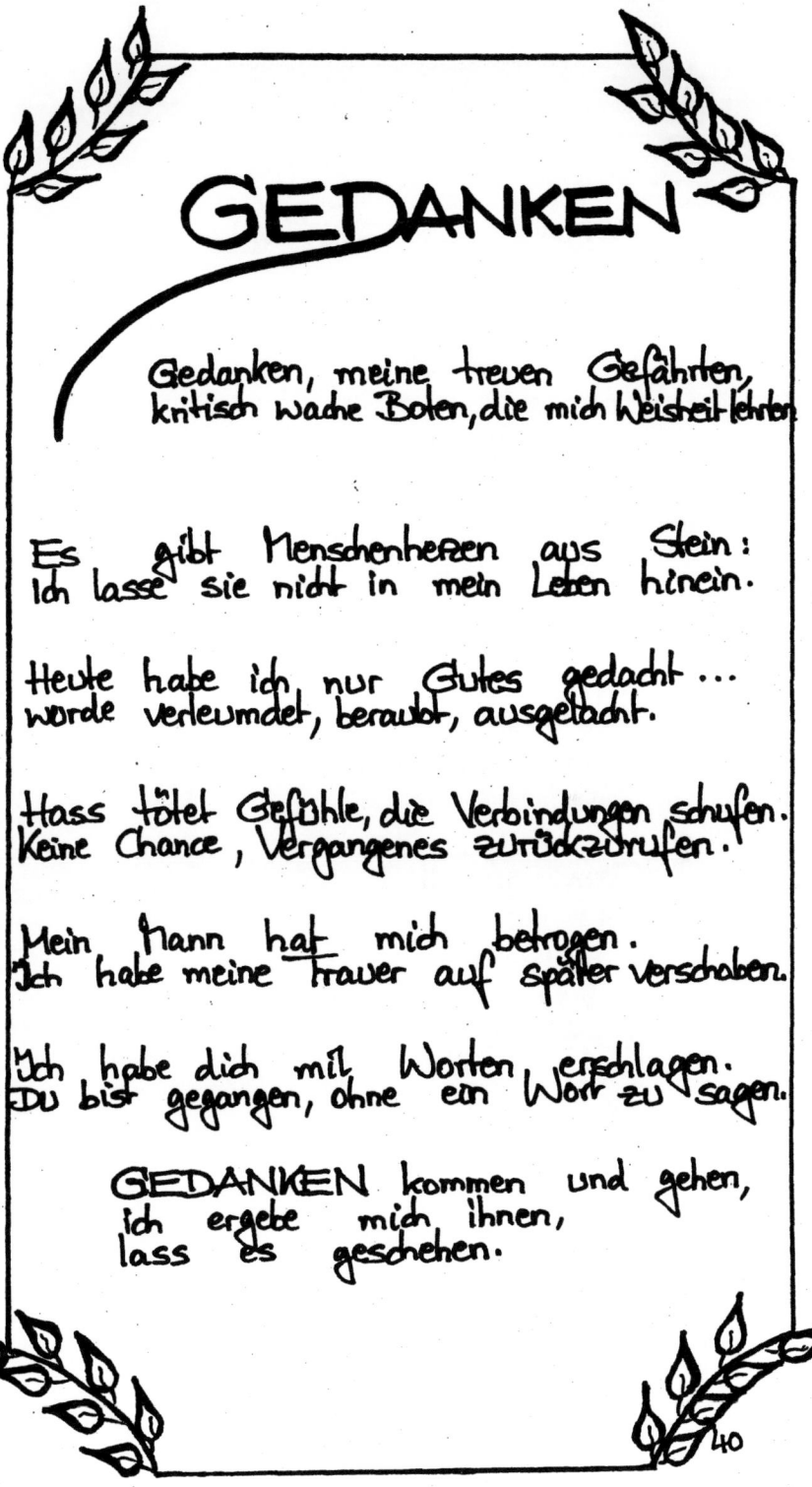

GEDANKEN

Gedanken, meine treuen Gefährten,
kritisch wache Boten, die mich Weisheit lehren.

Es gibt Menschenherzen aus Stein:
Ich lasse sie nicht in mein Leben hinein.

Heute habe ich nur Gutes gedacht ...
wurde verleumdet, beraubt, ausgelacht.

Hass tötet Gefühle, die Verbindungen schufen.
Keine Chance, Vergangenes zurückzurufen.

Mein Mann hat mich betrogen.
Ich habe meine Trauer auf später verschoben.

Ich habe dich mit Worten erschlagen.
Du bist gegangen, ohne ein Wort zu sagen.

GEDANKEN kommen und gehen,
ich ergebe mich ihnen,
lass es geschehen.

40

DER ZUFALL

Den Zufall
ahnen
voraussehen
möchten wir oft.

Den Stachel
genommen,
wird's zur Absicht...
fatalistisch
besponnen :
zum Schicksal.

Den Zufall
ZU
FALL
bringen —
vermöchte
noch
keiner.

Also
fürchten
wir
ihn.

DER UNFALL

Wir sind aufgewacht............
nach langer Nacht.

Denn das Leben
kneift und greift nach uns.
Wir spüren und riechen es.
Wir lecken und schmecken es.
Wir LIEBEN es.

Warum ?
Warum leben wir ?
Wo stehen wir ?
Wohin gehen wir ?

Und wüßten wir
all diese Antworten —
gäbe es
all die bestehenden Zweifel
nicht —

DAS LEBEN,
UNSER LEBEN,
mit all unsrem Denken und Streben
ist
HIER.

Denn hier
sind wir,
du und ich,
mit unserer Liebe
zum Leben.

DIE ERKENNTNIS

Die ewige ~~Jugend,~~
die wahre ~~Tugend,~~
die reine Schönheit ...

Danach strebst du ?
Danach trachtet dein Herz ?

Damit du blendest ... ?
Und selbst geblendet wirst ?
Damit du schuftest ... ?
~~Für~~ wen ... ?

Sei kein NARR.

Ältere weise,
damit du erkennst,
damit du
nicht mehr
fortrennst.
Damit du
ruhest
in deinem Streben,
in
DIR
SELBST.

DIE TRENNUNG

Was wir füreinander gefühlt
wird nie kalt wie Stein.
Was einmal war
soll nicht mehr sein?
Was einer von uns beiden nicht gewollt,
hat uns nun überrollt.
Was wir liebgewonnen
kann nicht mehr zurückkommen.

Was sind wir doch
arm und klein
und so allein.
Was nützen
Liebe, Haß und Streit
in unsrer Einigkeit...

TRENNUNG !
Was ist des Menschen Hirn
für ein Klotz,
daß es solchem Unsinn nicht
TROTZT.

DAS GLÜCK

Ach wie gern
liesse ich mich fangen,
wie gern nur umarmen,
wie gern würde ich fallen
in ein Glück,
ein grosses,
unvorstellbares Glück.

Wo bist du?
Wo ist es?

Ich verstecke mich nicht.
Ich suche dich —
und kann
DICH
doch nicht finden.

Gibt es denn nicht
für jeden Menschen
EIN GLÜCK
auf Erden?

DER GROSCHEN – AUTOMAT

Du kannst nicht weinen?
Komm,
ich geb dir einen Groschen.
Wirf ihn ein...
und wein.

Du kannst nicht lachen?
Komm,
ich geb dir einen Groschen:
gib acht!
Nun lach!

DU KANNST NICHT LIEBEN?

WER
hat das gemacht?

Wirf weg alle Groschen.
Komm mit,
mein Freund.
Wir haben dich lieb.
Wir Armen
lieben alle Menschen.

WOHER KOMMST DU?

Sie stand hinter dem Zaun,
täglich,
und sah mich an.

Ich ging ans Meer,
täglich...
sie sah mir nach.

Eines Tages hatte sie
eine Stimme,
die den Mut hatte,
zu fragen: 'Woher kommst du?'

Ich blieb stehen,
um in traurige Augen zu sehen.

Ihre Worte flossen schnell:
– sie war zuviel allein,
– in der Fremde,
– konnte nicht fortgehen;
– weit weg, in einem anderen Land
– lebten ihre Kinder von dem,
  was sie verdiente;
– einen Vater hatten sie nicht mehr.

Wir reichten uns die Hand.
Sie war nicht mehr allein.
Auch ich war fremd in diesem Land.
Eines Tages
würden wir zurückkehren
in unser Land, —
mit dem verdienten Geld
aus der Fremde.

47

TROTZDEM

Mein Vater, meine Mutter,
leben nicht mehr.
TROTZDEM — mein Leben geht weiter.

Meine Jugendfreunde
sehe ich nicht mehr...
TROTZDEM — mein Leben geht weiter.

Ich wurde schwerkrank,
arbeitete nicht mehr.
TROTZDEM — mein Leben geht weiter.

Meine Kollegen wurden ~~Fremde,~~
sie kannten mich nicht mehr.
TROTZDEM — mein Leben geht weiter.

Mein Partner hat mich verlassen,
er konnte nicht mehr.
TROTZDEM — mein Leben geht weiter.

TROTZDEM — liebe ich das Leben.
TROTZDEM — liebe ich das Leben.
TROTZDEM — liebe ich das Leben.

TROTZDEM............

DER PEDANT

Er schafft Ordnung im Haus,
räumt alle Schränke aus,
räumt alles ein von links nach rechts,
räumt alles weg von rechts nach links.

WAS BRINGT 'S ?

Er schafft Ordnung im Beruf,
ordnet in Akten jeden Zuruf.
Packt alle Stifte von links nach rechts,
räumt alles weg von rechts nach links.

WAS BRINGT 'S ?

Er giert nach Ordnung in seiner Seele,
schreit wutentbrannt aus voller Kehle:
'niemand gibt mir Liebe von rechts,'
niemand gibt mir Liebe von links'!'

WAS BRINGT 'S ?

Der Pedant lebt mit Dingen und Sachen,
die seelenlos kein Echo schaffen.
Ordnungswahn als Begleiter bis zum Tod,
bezahlt mit EINSAMKEIT in der Not.

49

DER INFARKT

Dieser Mann war stark,
stark wie ein Baum.

Aber er lebte wie ein Mensch:
anstatt zu essen, hat er gefressen,
anstatt zu trinken, hat er gesoffen,
anstatt zu atmen, hat er geraucht,
anstatt zu lieben, hat er gehurt.

DER INFARKT SCHLUG ZU:
Arme und Beine streikten,
Herz und Lunge streikten,
Magen und Penis streikten,
der Körper schlug zurück,
der Infarkt schlug zu!

Dieser Mann wurde wieder wach,
aber nicht als klüger aufgewacht.
Medikamente und Ärzte schnell ignoriert,
zurück in den Konsum,
das Lotterleben aufpoliert,
fiel der starke DICKE erneut um:

DER INFARKT SCHLUG ZU!

Alle Maschinen liefen heiß und heisser,
um zu retten diesen Scheisser...
aber dann war er TOT,
verstorben durch Dummheit:
GEHIRNTOD.

DER FRESS-SACK ~~MENSCH~~

Er umarmt und erdrückt dich.
Er saugt an und verschlingt dich.

Er atmet ein, und spuckt dich aus.
Er schaut dich an und Ekel sprudelt heraus.

Seine ~~Haupt~~ glänzt vom ~~Fett~~.
Seine Worte sind niemals nett.

Er frisst, was er ~~zu~~ packen kriegt.
Eine MONSTER-Maschine, die immer siegt.

Hirnlos und gedankentot,
sieht er beim leeren Teller, ROT.

«~~FLEISCH~~-fressen» heisst sein Programm.
Ein Gestank, der ihm die ~~Freunde~~ nahm.

Krankheiten ~~zerfressen~~ ihn.
Das nimmt er gelassen hin.

SEIN LEBENSINHALT:
~~FRESSEN~~ - nur noch ~~FRESSEN~~!

DER BLITZ

GOTT hatte dem Mann alles gegeben:
AUGEN, um zu sehen,
OHREN, um zu hören,
MUND, um zu sprechen,
VERSTAND, um nachzudenken.

DER MANN nutzte all das Gegebene:
Augen, um wegzusehen,
Ohren, um sie zu verschliessen,
Mund, um zu verleumden,
Verstand, um dumm zu bleiben.

GOTT beobachtete den Mann,
versuchte, ihn zu verstehen,
versuchte, ihn zu ändern,
verzieh ihm seine Schwächen.

DER MANN, dumm, ohne Verstand,
vertrieb sie alle: Tiere, Pflanzen,
Menschen — WEG von sich.
Liebte nur sich!
Sorgte nur für sich!
Lebte nur für sich!

GOTT schickte seine Kraft in einem Blitz,
löschte aus den Dummen ohne Verstand,
reinigte das ganze Land,
erschuf erneut Tiere und Pflanzen,
viele FRAUEN,
die sich widmen
dem GANZEN.

ES WAR NUR EINE SOMMERLIEBE

Erste Schritte des Kennenlernens waren getan.
Zwei Verliebte versanken im Liebeswahn.
Die Stunden der Tage und Nächte,
Liebesschwüre, zärtliche Worte flossen schnell ...
Das Morgenlicht kam sehr früh und grell.

Aufgewacht aus dem Taumel der Nacht,
über den Sinn des Lebenstraums nachgedacht,
spürten beide eine Kluft, die zu wachsen begann.
Verfremdung, Missdeutung von Worten und Taten,
nagende Zweifel liessen sie in den Sog des Rückzugs
geraten.

Rückkehr aus der Zweisamkeit in die Einsamkeit.
Rückkehr aus dem Vertrauen in das Misstrauen.
Rückkehr aus der Wärme in die Kälte.
Rückkehr aus den Träumen in die Wirklichkeit.
Rückkehr aus dem Sommer in die Winterzeit:

das ENDE
einer SOMMERLIEBE.

53

STROH-FEUER

Das Feuer, unserer Begierde, war entfacht.
Wir brannten füreinander lichterloh.
Es kamen Wartezeiten – die Wärme zerbrach.
Der Körper fror, die Seele fror.

Wir sahen uns wieder, hatten dasselbe Verlangen,
tobten uns aus, waren in dieser Begierde gefangen.
Das Alltagsleben verbrachten wir nie gemeinsam.
Ich ging in mein Haus, du in deins, jeder war einsam.

Fehlte uns das Vertrauen, für einander da zu sein?
Fehlte uns die Kraft, des anderen Freund zu sein?
Ein Feuer kann nicht ewig brennen . . .
Aber die Liebe braucht Zeit, um sie zu erkennen!

Wir haben Abstand gewonnen.
Zu viel Wartezeit ist zerronnen.
Ein STROHFEUER erlosch, ohne Wärme abzugeben.
Der Egoismus läßt uns vereinzeln zu getrenntem Leben.

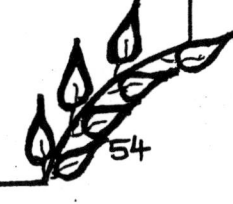

MISS VERSTÄNDNISSE

Du dachtest, ich sei fort.
Doch ich war hier, mit meinem Verlangen nach dir.

Du dachtest, dieser Anruf stört
Doch ich wollte nicht stören, nur deine Stimme hören.

Du dachtest, aus jedem Stress kann man fliehen.
Doch jede Flucht machte dich unfähig zu lieben.

Du dachtest: Frauen sind leicht zu betrügen.
Jetzt bist du einsam nach zu vielen Lügen.

Du dachtest, dass die eine Geliebte die andere,
nicht kennt!
Falsch gedacht! Menschen sind kein Warensortiment.

Du dachtest: soll sie doch gehen.
Du ließt es geschehen.

DU HAST FALSCH GEDACHT:
die Frauen sind endlich aufgewacht:
aufgewacht aus einem Traum,
aufgewacht aus einem Lebenstraum.

VERLOREN

Du suchst noch nach Spuren?
Sie gingen verloren!

Du hast mich verlassen.
Ich ging dir verloren.

Verlorenes Glück wird nicht wiedergeboren.
Verlorene Gefühle, tot, auf immer verloren.

Den Duft meines Körpers hast du verloren.
Mein Verlangen nach dir ging verloren.

Den Weg von der Gier zur Hingabe verloren!
Gemeinsame Gefühle verloren.

Du hast mich verloren.
Ich habe dich verloren.
Wir beide gingen verloren.

DER TOD MEINER MUTTER

Sie hing an Schläuchen und vielen Geräten.
Sie vertraute den Ärzten das half ihr beim Beten.
Sie war geduldig, dankte jedem,
der seine Pflicht tat ... Sie konnte mehr geben.

Ein Mensch, der sein Schicksal nicht kannte.
Ein Mensch, der niemals davonrannte.
Ein Mensch, der Güte und Liebe ausstrahlte.
Ein Mensch, der Güte und Liebe ausstrahlte.

Sie war der Mittelpunkt meines Lebens.
Sie war der verläßlichste Freund in meinem Leben.
Sie war nie zornig, konnte alles verstehen.
Sie sollte bei mir bleiben – bitte! bitte! NIE gehen...

Ich wußte sie würde vor mir sterben.
Ich kannte nicht den Weg ihres Sterbens.
Ich konnte sie streicheln und sie begleiten.
Ich sah ihren Atem stocken, sah sie hinübergleiten.

Jetzt war sie frei von allen Schmerzen.
Jetzt war ihre Furcht vorbei vor dem Sterben.
Jetzt war sie fertig mit dem Sterben.
Jetzt drang ihre Seele tief zu meinem Herzen.

Ich blieb die Nacht bei ihr, fühlte mich geborgen.
Ich spürte ihre Seele, wachte bei ihr bis zum Morgen.
Sie war nun bei all den Seelen, die vor ihr gingen,
abgerufen, aufgehoben in Gottes Händen.
Als Schützende wird sie mir weiterhin Trost spenden.
Sie war nun bei all den Seelen, die vor ihr gingen.

Ein Teil meines Ichs
starb mit ihr,
blieb dem Erdenleben
fern,
verloren.

DER TOD

Die Vergänglichkeit unseres Körpers

WARUM

weint dein Gesicht?
Das Leben
ist gelebt,
zuende.

Der Tod bricht keine Herzen.
Das schaffen nur die Lebenden.

Der Tod ist sanft,
ruhig,
friedvoll.
Die Lebenden
fürchte.
Sie tun dir weh.
Sie bereiten
dir Schmerzen.

Erwarte dankbar
deinen Tod ——
so er dann kommt.

Erbärmlich,
klein,
unwichtig ist,
was wir erstreben
im Leben.

Du liebtest
das Leben?
Nun lerne,
den TOD
zu lieben.

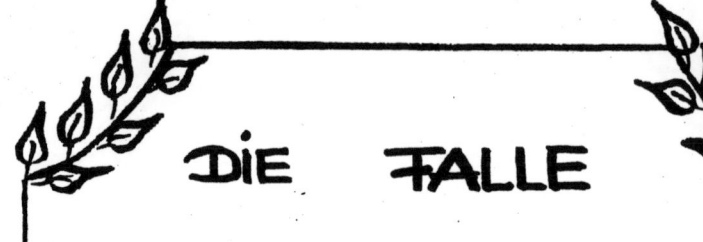

DIE FALLE

Viele Stimmen um mich herum:
keine richtet sich an mich.
Viele Menschen um mich herum:
keiner sieht mich an.

Geliebt und umsorgt habe ich viele.
Unterrichtet und großgezogen habe ich viele.
Mein Herz hängt an diesen Kindern.
Mein Herz weint, fern von diesen Kindern.

Sie haben ihr eigenes Leben.
Meine Melancholie erreicht sie nicht.
Gleichgültigkeit streift das fremde Leben,
Ausgestoßen! Meine Trauer rührt sie nicht.

Ich möchte fliehen aus dieser Falle.
Müde, erschöpft, fertig mit allem.
Sie brauchen mein Geld, ihre Sorgen zu beheben,
Wenn ich tot bin, kann ich davonschweben.

Jede Wiederholung
ist eine Falle.
Jede Geste
ist eine Falle.
Jeder Tag –
mit vielen Fallen.
Jahr für Jahr
voller Fallen.

BALLAST

Die Sonne scheint.
Die Vögel singen.
Mein Rücken bricht.
Mein Lebenswille nicht.

Mein Herz lacht.
Der Körper ist schwach.
Die Schmerzen werden schlimmer.
Es gibt Hoffnung – immer...

Ich ertrug viel, bah, Last,
bin heute für andere Ballast.
Hab wenig Kraft und Schwung.
Auch Junge sind nicht ewig jung.

Von Freunden und Kindern abgeschoben.
Na denn! Irgendwann bin ich OBEN!
Wir Alten denken und sehen klar,
was Recht und Unrecht war.

Ich werde mir Zeit borgen
von DEM, DER unsere Sorgen,
unser ganzes Leben kennt;
unsere Schritte lenkt.

Mein Geist ist schwach.
Der Körper wird schwach.
Die Schmerzen werden schlimmer.
Gute Laune hab ich immer...

ΣΤΟ ΚΕΝΟ

Εσυ βρίσκεσαι δίπλα μου.
Σε νοσταλγώ.
Το χέρι μου απλωμένο για εσένα.
Το χέρι σου ψάχνει εμένα, μ' αρπάζει.

Εσυ δεν βρίσκεσαι κοντά μου.
Σε νοσταλγώ.
Το χέρι μου απλωμένο ψάχνει εσένα.
Το χέρι σου δεν με γυρεύει ούτε με πιάνει.

Παντού! Που μπορούσες να είσαι;
είσαι ζωντανός? ζεις ακόμα?
Σ' αγαπώ.
Οταν έφυγες, ήξερες: σ' αγαπώ.
Με σκοτώνεις! Με μολεύεις: σ' αγαπώ.

Η λαχτάρα μου ατενίζει — στο κενό.
Το φάντασμα σου, ξεφεύγοντας — στο κενό.
Η αγάπη μας εξαφανίστηκε — στο κενό.
Το χέρι μου, απλωμένο, πιάνει — στο κενό.

TANT PIS

Mon amour, je t'ai trouvé...
tout s'est échoué.
Tant pis ...

Je t'ai adoré.
Tu t'es écœuré.
Tant pis ...

À toi, mon cœur, sans hésiter.
Tu l'as déchiré!
Tant pis ...

Tu sais tout de moi.
M'ai été ta proie.
Tant pis ...

Ainsi la vie s'enfuie.
Tu seulement t' ennuies.
Tant pis ...

Je t'aimerai à l'infini.
Je t'aimerai à l'infini.

TANT PIS !

62

VORÜBER

VORÜBER ist das Planen,
denn
der Boden
steht nicht mehr.

VORÜBER ist das Sorgen,
denn
der Mensch
lebt nicht mehr.

VORÜBER sind die Wogen,
denn
das Meer
tobt nicht mehr.

VORÜBER sind die Stürme,
denn
die Luft
bebt nicht mehr.

VORÜBER ist die Hitze,
denn
DIE SONNE
IST
NICHT
MEHR.

63

ABGEREIST

ICH BIN SCHON FORT.
INNERLICH,
LOSGELÖST;
NEHME, NICHT MEHR TEIL
AM TREIBEN UM MICH HERUM.

MEINE KOFFER
UNGEPACKT,
UNWICHTIGES GEPÄCK.
ICH BRAUCHE NICHTS,
DORT, WO ICH HINGEHE.

RUHIG, GELASSEN,
FRIEDLICH, OHNE GROLL
TREIBT ES MICH FORT.
TRÄNEN DER ERINNERUNG.
SCHMERZEN VON SEHNSUCHT.

DANKE
FÜR DIE ZEIT MIT DIR

DANKE – für deine Zärtlichkeit.
DANKE – für Worte der Wahrheit.
DANKE – für deine Offenheit.
DANKE – für deine Ehrlichkeit.
DANKE – für Glück und Zufriedenheit.
DANKE – für Stunden der Gemeinsamkeit.
DANKE – für die Stundung von Einsamkeit.
DANKE – für die Erlösung aus Traurigkeit.
DANKE – für Tage der Zweisamkeit.

DANKE !
FÜR DIE ZEIT MIT DIR !

ICH WARTE

ICH WARTE.
Auf was ?
DASS DU MICH ANSCHAUST.

ICH WARTE.
Auf was ?
DASS DU MIT MIR SPRICHST.

ICH WARTE.
Auf was ?
DASS DU MIT MIR FÜHLST.

ICH WARTE.
Auf was ?
DASS DU MICH VERSTEHST.

ICH WARTE ...
ICH WARTE ...

mein Leben lang !

WORTE

SIND NICHT NUR WORTE:

ÖFFNE IHNEN DEIN HERZ
UND BEWEGE SIE
IN DEINEM GEIST...

SO WERDEN SIE
EIN SCHLÜSSEL

ZU
DEINER
SEELE
SEIN.

1. Evangelia   Markakis

«MEHR SCHATTEN... als Licht»

iSBN 3-00-011590-0

ISBURGA

STUDIUM DER PHILOSOPHIE
UND PHILOLOGIE
an den Universitäten Hamburg und Kiel

Fremdsprachen: GRIECHISCH, FRANZÖSISCH
ENGLISCH

weitere Arbeiten und Publikationen der Autorin:

I   Kinderbuch:
ÜBER GRIECHEN, DIE KRIECHEN
UND GRIECHEN, DIE NICHT KRIECHEN
ISBN   3-00-013581-2

II   Authentische Reportagen:
EIN HAUCH VON LEBEN
BIS DER STURM KOMMT ...
« DER GRIECHISCHE MACHO »   u.a.

III   zeitkritische Lyrik:
« MEHR SCHATTEN — ALS LICHT »
ISBN   3-00-011590-0

« WIR ALLE LEBEN TROTZDEM WEITER »
ISBN 978-3-86683-237-4
Wagner Verlag / Gelnhausen

« SENIOREN lieben und leben intensiver ... »

IV   Kochbuch:
LECKERES ESSEN sorgt für GUTE LAUNE

V   Sketche:
SAPPEL DI DOT

69

SENIOREN

SIE ATMEN
SIE LIEBEN
SIE LEBEN
                NOCH ...

UND DIE JUGEND NEIDET IHNEN
ALLES !

IHRE INTELLIGENZ
IHRE KARRIERE
IHRE COURAGE
IHREN BESITZ
IHRE ZEIT
IHREN LEBENSMUT

DIE AUTORIN

ISBURGA KRANTZ - MARKAKIS

lebt, liebt, lacht, leidet mit ihnen,
ihren Altersgenossen   —

und berichtet in einem Résumé
über LIEBE und ENTTÄUSCHUNGEN
in den letzten Lebensdekaden ...